As flores do lençol

Editor
Eduardo Lacerda

Capa, projeto gráfico e diagramação
Henrique Lourenço

Assistentes Editoriais
Amanda Vital / Gabriel Santana / Içara Bahia
João Vitor Nascimento / Raquel Alves / Ricardo Escudeiro

Administrativo e Comercial
Pricila Gunutzmann

Administrativo e marketing
Sofia Fernandez Gunutzmann

Expedição
Sheila Gomes

Eventos
Flávio Rodrigues

Catalogação na publicação
Elaborada por Bibliotecária Janaina Ramos – CRB-8/9166

L732f

Lima, Guilherme de
As flores do lençol / Guilherme de Lima. – São Paulo: Patuá, 2024.
100 p.; 14 X 21 cm
ISBN 978-85-8297-886-3
1. Romance. 2. Literatura brasileira. I. Lima, Guilherme de. II. Título.

CDD 869.93

Índice para catálogo sistemático
I. Romance : Literatura brasileira

Editora Patuá.
Rua Luís Murat, 40 – Pinheiros
São Paulo – SP – CEP: 05436-050
www.editorapatua.com.br
Cel.: (11) 98365-4985 / editorapatua@gmail.com

Guilherme de Lima

As flores do lençol

PATUÁ
EDITORA
LIVROS SÃO AMULETOS

Aos esquecidos que clamam por amor.

Nunca vou entender o porquê
de as coisas serem assim.
É estranho pensar que não se pode ser autêntico.
Acho que nunca conseguirei dormir sem
pensar em como tudo aconteceu.

Parte 1 – Semente.

Ao acordar, aquele sentimento ruim já apareceu em mim.

Uma dor, mas não física.

A que gera a dor física, que te faz sentir o peso de um caminhão sobre o peito.

Levantei-me, troquei-me e arrumei minha cama para meus tios não implicarem comigo, como faziam todos os dias "com 19 anos não arruma nem a cama, quem dirá a própria vida".

Quando desci, vi a tia Eleonor sentada com dona Ana, fofocando já, às 7 da manhã.

Sentei-me, cumprimentei a tia e pedi a bênção. Se eu não o fizesse, ela me dava um tapinha e me cobrava o pedido.

Passei margarina no pão, coloquei café com leite em um copo e tomei.

Dona Ana falou que o dia estava lindo, que era um presente de Deus.

(um presente de Deus seria não levar uma vida assim) – pensei.

Quando estava me levantando para lavar minha louça do café, minha tia me disse

— Otávio, não se esqueça de rezar antes de sair de casa, o mundo está muito perigoso por esses dias.

Assenti com a cabeça e fiz meus preparativos finais para sair.

(não rezei)

(às vezes, o perigo vem de dentro de casa)

No caminho para o portão, encontrei meu tio Américo, que me olhou e não disse nada, apenas voltou aos seus afazeres no quintal.

Saí de casa e fui para o ponto de ônibus. Realmente, estava um dia bonito.

Coloquei uma música pra tocar nos fones de ouvido e fui a viagem toda sem prestar atenção em nada, nem na música, nem na estrada, nem na paisagem. Só fui.

O hotel em que eu trabalho é cinza e triste. Apático. Nada é bom. A comida do restaurante é insossa. Normalmente, o lugar tem cheiro de nada, a não ser do desinfetante passado constantemente na recepção. As camas, nem macias nem duras.

Acho que foi por isto que me contrataram, pela minha falta de felicidade, fazendo jus ao lugar.

Hoje, vou repetir o que fiz ontem e em todos os outros dias de trabalho: colocar um sorriso amarelo no rosto e indicar aos hóspedes seus respectivos quartos, carregando uma porção de bagagens.

Pergunto-me se eu seria diferente caso meus pais estivessem aqui.

Queria que estivessem.

Fomos morar com meus tios quando eu tinha acabado de completar 15 anos.

Julieta tinha 9.

Foi de repente e assustador.

Um dia estávamos em nossa casa; no outro, na casa de meus tios.

Tive que dividir o quarto com meu primo Luís, e minha irmã dormia no quarto da tia.

Lembro-me com exatidão das primeiras palavras de tia Eleonor quando chegamos

— Vamos entrando, sei que não é onde queriam estar, mas não existe outra escolha. Faz de conta que a casa é de vocês, mas lembrem-se que não é... Brincadeirinha, fiquem à vontade.

Ela nunca esteve errada, não era mesmo nossa casa, nosso lar, nem de brincadeirinha.

Tudo estava do avesso.

Nossa vida não seria mais a mesma.

Aqui, no trabalho, quando não tem bastante hóspede, não há muito o que fazer.

Não gosto muito daqui, mas é melhor do que ficar na casa de meus tios o dia inteiro, esperando por insultos.

Pelo menos aqui eu me sinto útil.

O expediente estava acabando e logo eu teria de ir embora, mas sempre arrumava o que fazer na rua, no intuito de voltar à casa de meus tios apenas para dormir.

Hoje, não tinha ideia de onde iria e o que faria.

Resolvi passar na Livraria Sul, que ironicamente fica no norte da cidade.

Gosto de observar as capas de livros e imaginar qual seria a história a ser contada.

O atendente, Mateus, já está acostumado a me ver por lá, cumprimenta-me e me espera dar uma passada por todos os livros antes de me sugerir algum título.

(gosto dele, é agradável ficar por aqui)

Toda vez é assim.

Dessa vez ele recomendou um livro com duas dançarinas na capa.

Comprei.

Fui até a praça onde fica o ponto de ônibus que uso para voltar à casa de meus tios.

Li até o ônibus das 20h15 passar.

Fui embora.

Ao chegar em casa, meu tio me esperava, sentado à mesa, segurando o jornal que lia cotidianamente.

Quando abri a porta, avistou-me e disse:

— Você demorou pra chegar de novo, vai ser essa merda todo dia agora?

(sim, aconteceria todos os dias)

— Não, tio. Desculpa.

(Nunca entendi essa obsessão por me manter dentro de casa. Se eu sou um problema, se eu sou **o** problema, não deveria me querer longe?)

Ele é tão rígido quanto seu irmão, meu pai.

Ambos com um olhar que te encara as entranhas.

Não fiz muito, arrumei-me e li um pouco antes de dormir.

Minha leitura também se tornara um incômodo.

Meu primo, Luís, sempre reclamava.

— Apaga essa porra de luz, quero dormir.

E então eu apagava.

Minha mente continuava a funcionar... Era difícil dormir.

Hoje, sonhei com meus pais e minha irmã.

No sonho éramos somente nós. Nossa família.

Estávamos em um parque, fazendo um piquenique.

Tinha bolo, torta, frutas e suco de caju.

Nós nos amávamos. Tudo era leve e tranquilo. Ríamos e nos abraçávamos.

Estávamos jogando a bola de uma pessoa para outra quando meu pai deu um chute muito forte e a bola veio no meu rosto.

Acordei assustado.

Por um instante desejei que o sonho fosse realidade.

(como queria que aquele sonho fosse realidade)

(exceto pela bolada na cara)

Levantei-me e arrumei a cama.

Fui tomar café e dona Ana novamente estava por ali.

Pedi a bênção à tia e me alimentei.

Na saída, novamente encontro meu tio, que dessa vez recebia ajuda de meu primo na lida com o quintal.

Disse tchau a eles, Luís me respondeu.

Meu tio, quando eu já havia passado pelo portão, resmungou para seu filho:

— Se um dia você me der o desgosto de virar baitola igual o Otávio, me avisa, que eu te arranco os dentes.

Esse era o problema.

(esse era *sempre* o problema)

Tio Américo sabia que Luís carregava drogas pra cima e pra baixo, não só pra consumir, mas também pra vender.

Minha sexualidade é sempre pior que as atividades ilícitas do meu primo.

Fui seguindo meu caminho, peguei o ônibus e observei a paisagem. Hoje o dia estava menos alegre, mais tímido, o que eu considerava mais bonito.

*

Ao chegar no trabalho, o gerente me chamou para conversar.

Disse que infelizmente estávamos com poucos hóspedes e que o quadro de funcionários estava grande demais para a quantidade de trabalho existente.

(um nó na garganta)

(o que estava prestes a acontecer era óbvio)

(como eu contaria para meus tios?)

(eu não queria ficar em casa o dia inteiro, imagina o inferno)

Meu gerente, então, disse letra por letra:

— Precisamos te demitir. Não é nada com você ou com seu trabalho, é que, se a empresa não economizar agora, iremos à falência. Mas não se preocupe, assim que uma nova oportunidade surgir, nós te chamaremos novamente."

Assenti com a cabeça e disse que estava tudo bem.

(não estava)

Fui me retirando, sem rumo.

Ainda eram 10 da manhã.

O que eu faria?

Para onde iria?

Para casa?

Não conseguiria lidar com meus tios agora.

Comecei a chorar silenciosamente.

Tudo estava errado.

Tudo dava errado.

(será que sou realmente um problema?)

Uma tonelada sobre meu peito, uma angústia.

Eu não tinha um refúgio. Um amigo. Nada.

*

Tentei controlar minhas emoções e fui até a Livraria Sul, o lugar que me trazia um pouco de paz.

A livraria era também um café.

Cheguei com os olhos e nariz vermelhos e me dirigi à mesa.

Sentei-me e pedi um café gelado, só por pedir, para poder ficar ali.

Não queria tomar nada, não estava com fome nem com sede.

Só queria ficar em um lugar seguro, por algumas horas, até decidir o que fazer.

Mateus veio me perguntar se estava tudo bem, se eu precisava de alguma coisa.

(sim, de afago)

Eu respondi que não e abri minha mochila para tirar o livro que havia comprado há um dia e já estava quase terminando.

Li e fiquei ali por horas, até o final do dia. O gelo do café derreteu.

Relembrei quando morávamos com meus pais.

Antes de tudo acontecer, nossa vida era tranquila.

Passeávamos bastante, nos entendíamos, e o amor estava sempre presente.

Minha mãe, Joana, era uma pessoa muito agradável, muito amável.

Até não ser mais.

Até a tragédia.

Tudo o que tínhamos foi para os ares.

Tudo acabou,

de repente.

E o que mais me machuca é pensar que talvez a culpa seja minha.

A culpa definitivamente é minha.

Não é à toa que minha vida está dos avessos.

Eu acho que é castigo.

Punição.

Terminei de ler enquanto estava na Livraria Sul.

É uma história agridoce, bonita e triste.

Ao finalizar, criei coragem e me dirigi ao ponto de ônibus.

Durante a viagem, pensei em todas as possibilidades.

Fiquei apreensivo: conto ou não conto aos tios?

Uma hora ou outra eles saberiam.

Já era tarde quando cheguei, coisa de 21h.

Dessa vez era tia Eleonor que estava na cozinha, meu tio e meu primo haviam saído.

Julieta, minha irmã, assistia TV.

Achei que era uma boa hora para contar a minha tia, já que estávamos só nós ali.

— Tia, uma coisa aconteceu.

— Não vai me falar que você aprontou de novo. — ela se referia à vez que meu primo me viu de mãos dadas com um rapaz.

— Não, tia. O hotel tá passando por um período de crise e... — ela me interrompeu.

— Eu sabia que isso ia acontecer! Óbvio que você, com esse seu jeito, espantaria os hóspedes. Que Deus tenha misericórdia do dono do hotel que te contratou. Seu tio vai ficar uma fera. Como é que você vai ajudar nas contas agora? Você sabe que nós estamos passando por dificuldades e ainda perde o seu trabalho? Sua mãe estaria muito decepcionada.

Não falei mais nada.

O que eu falo depois disso?

"Decepcionada".

Talvez ficasse mesmo.

Mas minha mãe me amava, eu acho.

Não soube como reagir e fui me trocar. Tomei um banho e me deitei, sem nada para ler.

Peguei no sono.

*

Não muito mais tarde fui acordado, acho que por volta das 23h.

Era meu tio.

Ele me deu um tapa no rosto para acordar, senti o cheiro de álcool que potencializava sua fúria.

Pegou-me pelo braço e me levantou.

Ali entendi o que estava acontecendo.

Tia Eleonor e tio Américo conversaram.

Ele me colocou sentado na cadeira vermelha que estava no canto do quarto e proferiu as palavras:

— Você não consegue fazer nada direito?

Antes que eu pudesse me defender ou falar alguma coisa, ele me deu mais um tapa no rosto.

— Você dê um jeito de conseguir algum trabalho pra ajudar nas contas, porque se não conseguir, vai morar é na rua! Ficar aqui dentro sendo mau exemplo pro meu filho e pra sua irmã é que não vai. Faça-me o favor de conseguir trabalho!

Apanhei novamente.

Tomei uma surra.

Nessa noite não dormi.

Passei a noite em claro.

*

Ao amanhecer, levantei-me e fui até o banheiro, quando me vi no espelho.

Os dedos marcados no rosto, o braço com hematomas.

Como vou conseguir me apresentar pra uma vaga de emprego com o corpo marcado pelo ódio?

Nessa manhã desci e não tomei café.

Senti os olhares da tia e de dona Ana.

Dirigi-me à porta e ouvi:

— Deus te abençoe, viu?

Não respondi e saí, sem olhar para os lados e para meu tio que, como de costume, estava no quintal.

De que adianta a bênção de Deus quando coisas terríveis acontecem?

Não acho que Deus seja a favor da fofoca nem da violência presentes nessa casa. Então para que serve a bênção desejada a mim pela falsa cristã?

Deus não é amor?

Saí sem rumo e, caminhando, comecei a ponderar sobre minhas mágoas.

Eu sabia que minha vida não seria fácil desde que compreendi que minhas características não eram ordinárias.

No início, minha relação com minha tia era boa, acho que ela tinha pena do que tinha acontecido com a gente.

Depois, comecei a perceber que ela se aproximava para tentar me levar para a igreja, pois achava que tinha algo errado comigo.

Meus pais não costumavam me levar à igreja, eram muito menos religiosos que meus tios. Íamos apenas em momentos marcantes, como batizados e casamentos.

Minha tia sempre foi muito cristã, colocava tudo nas mãos de Deus, como se não precisasse fazer esforço nenhum para alcançar seus objetivos. Dizia sempre:

— O que é nosso está preparado por Deus e encontrará o caminho até nós.

Eu até queria pensar dessa forma, mas nunca consegui alcançar nada sem muito esforço.

Sinto falta da época em que minha tia demonstrava afeto e preocupação. Hoje, só me condena.

Aliás, ela me condena desde quando parei de a acompanhar à igreja. Era frustrante ir a um lugar ouvir palavras sendo proferidas contra minhas convicções e existência. Então eu parei de ir.

No começo minha tia me repreendia, colocava-me de castigo durante a semana e dizia que só sairia dele quando eu a acompanhasse.

Minha irmã, sem muita escolha, acabava acompanhando-a.

Era estranho perceber que a relação de minha irmã com minha tia me deixava enciumado.

Julieta sempre recebeu mais afeto.

Espero que Julieta ainda me ame. Faz tempo que não trocamos palavras profundas.

Espero que ela possa me perdoar.

Perdoe-me, irmã.

Enquanto eu estava na rua, pensava por onde começar.

Sei que precisava arrumar um emprego.

Aliás, precisava?

Viver na rua seria pior que viver um inferno em casa? Casa essa que me falta amor?

Acho que sim.

Pelo menos na casa de meus tios eu tinha um lugar para dormir e comer.

Definitivamente, o pior aconteceria caso eu não conseguisse um emprego.

Preciso de um currículo, mas não tenho onde o fazer.

Pensei em ir até a Livraria Sul, talvez Mateus pudesse me ajudar.

Fui.

Quando cheguei, Mateus me olhou e demonstrou preocupação

— Otávio, você está bem? — disse ao, discretamente, investigar-me com seu olhar preocupado, percebera meu corpo com hematomas.

Disse que estava tudo bem comigo, que não era para ele se preocupar.

Fiquei envergonhado ao compartilhar que havia perdido meu emprego no hotel, que necessitava de um outro trabalho o mais rápido possível, pois tinha que cumprir com minhas responsabilidades em casa.

Mateus disse que me ajudaria, que era pra eu ficar despreocupado.

— Mas eu não sei por onde começar, não tenho tanta experiência profissional e só quero algum emprego. O que coloco no currículo?

— Olha, não tenho certeza se consigo te garantir isso, mas eu ando muito sobrecarregado aqui. Sou só eu cuidando de todos estes livros, clientes e encomendas. Às vezes, tudo fica muito corrido. Vou verificar com o proprietário se ele pode te contratar.

Meus ouvidos não acreditavam no que ouviam.

Trabalhar em uma livraria seria como mergulhar no ribeirão em um dia de muito calor.

— Muito obrigado, Mateus! Você me salvaria!

Mateus disse para eu retornar no dia seguinte, pois já teria falado com o patrão e me daria uma resposta. Ele me deu um sorriso e disse que precisava voltar ao trabalho.

Isso tinha que funcionar. Seria um ótimo plano.

Passei o resto do dia com uma sensação de leveza, não sei descrever muito bem.

Uma sensação azul claro.

Talvez seja isso.

*

Resolvi voltar a pé, afinal estava desempregado e o novo trabalho ainda não era certo.

Pelo menos eu tinha uma esperança na qual me agarrar, nem tudo estava perdido.

No caminho avistei umas crianças brincando, seus pais estavam sentados e conversando, num banco próximo.

Queria a tranquilidade que observava naquela cena. A tranquilidade do "me sentir pertencente", digno de afeto.

Tranquilidade era o que me faltava, mas era o que tanto almejava.

*

Fiquei um pouco preocupado em chegar cedo em casa. Meus tios pensariam que não procurei foi nada.

Dito e feito.

Quando adentrei o portão, meu tio me olhou e perguntou.

— Mas já está de volta?

(a rispidez das palavras me magoa. custa perguntar como foi? se eu estava bem? se eu tinha conseguido algo? se eu estava com sede, com fome? não importava a minha existência.)

— Sim, tio. Acho que vou conseguir um emprego.

— Que sorte a sua. Já sabe o que te esperava.

Adentrei a casa e minha tia me observou.

Ofereci ajuda e, surpreendentemente, tia Eleonor aceitou.

Cheiro de alho frito na banha.

Ela estava preparando o almoço, faria arroz, feijão, salada e ovo frito.

Comecei a preparar os ovos para toda a família. Fazia tempo que eu não almoçava com todos juntos.

(fazia tempo em que minha ausência nem notada era)

O almoço seria para 5 pessoas: meus tios, meu primo, minha irmã e eu. Minha tia me mandou preparar 4 ovos.

— Prepara quatro ovos aí, que não estava contando com você pro almoço, achei que ia ficar na rua até tarde, como sempre. — disse irritada.

Coloquei arroz e feijão no prato e agradeci.

(a Deus, ao universo. não só pela comida, mas pela oportunidade à vista)

(na rua seria muito pior)

Durante o almoço, meus tios conversavam sobre como fariam para arrumar o carro, que estava na garagem há 4 semanas, estragado. Algo no carburador, eu acho.

Minha tia disse que quando Deus os abençoasse eles conseguiriam arrumar.

Deus não mandava dinheiro, nem fazia empréstimo. Que bênção seria essa que ela tanto procurava?

Eu disse que ainda tinha um dinheiro do salário anterior e ofereci para pagar parte do conserto do carro. Mesmo que, honestamente, eu não quisesse que aceitassem. O dinheiro era fruto de meu esforço.

Meu tio riu

— Carro não se arruma com mixaria não. Precisa muito mais que isso.

Arrependi-me imediatamente da oferta. Eles que se lasquem. Não é problema meu.

— Tio Américo, só ofereci. Como o senhor não está trabalhando, pensei que pudesse ajudar com um pouco.

— Você tá falando que eu sou vagabundo? Posso estar desempregado, mas pelo menos sou macho.

— Todo dia a ofensa é a mesma. Falar das drogas que o Luís vende pra todo mundo aqui no bairro ninguém quer. Inclusive, com a quantidade de dinheiro que ele guarda no travesseiro, vocês arrumariam o carro em um instante.

(disse isso firme, mas certo de que haveria retaliação)

— Cala a boca, porra. Vai cuidar da sua vida. — Berrou meu primo.

Minha irmã, com os olhos arregalados, não disse uma palavra. Mantinha-se imóvel. Coisa que eu também deveria fazer.

Pude perceber a feição assustada de minha tia. Não é possível que nunca percebera o caminho que meu primo estava tomando. Todos os dias ele passava horas na rua e sempre voltava com pressa e com uma sacola nas mãos.

Minha tia, estarrecida, mandou-me ir para o quarto.

Fui e fiquei.

Comecei a pensar nos motivos pelos quais meu tio poderia me odiar tanto assim.

No fundo eu sei.

Sei de onde vem o ódio.

Adormeci durante toda a tarde. Só sairia daquele quarto no dia seguinte, para ir à livraria.

Assim o fiz.

Meu tio me odiava.

Não sei se ódio é o que ele sempre sentiu.

Sei que o sentimento aflorou porque me achava culpado pelo ocorrido.

Meu tio me culpava pela morte de meu pai.

Os dois sempre foram muito próximos. Possuíam apenas 2 anos de diferença.

Quando tio Américo perdeu o irmão mais velho, ficou possesso. Queria culpar alguém por tamanha barbárie.

Calhou que quem levou a culpa fui eu.

Acredito que um pouco de culpa eu tenho.

Mas eu só queria amar.

Verdadeiramente.

Com a tragédia, minha alma se afogou.

O lago era profundo.

Quebrei-me em milhões de pedaços, feito porcelana.

Há anos tentava recuperar o que havia restado de mim.

Ninguém me estendeu a mão.

Fiz o que pude, com as ferramentas que estavam ao meu alcance, para me manter vivo.

Tio Américo também ficou quebrado, é notório. Tornou-se mais agressivo do que normalmente era e começou a beber.

Todos
os
dias.

Pela primeira vez, em anos, acordei esperançoso. Precisava ir à livraria. Rápido.

Não comi, não pedi a bênção nem arrumei a cama.

Fui.

Ao chegar, vi Mateus abrindo o estabelecimento, surpreso por eu ter chegado tão cedo assim.

— Ah, oi, Otávio! Achei que viesse mais tarde. Como está hoje?

— Estou bem! Cheguei cedo para saber sobre a possibilidade de trabalhar por aqui, com você.

— Conversei com João, nosso patrão.

— Nosso?!

(aqui a vontade era de chorar. um choro de alívio, de quem não apanharia ao voltar para casa)

— Sim, mas ele não pode pagar muito. Seria uma espécie de estágio, inicialmente, com horários e salário reduzidos, você topa?

Assenti.

Comecei a trabalhar no mesmo dia.

Mal podia acreditar que o destino, em anos, tinha me proporcionado algo bom.

Talvez fosse uma bênção de Deus, a que a tia tanto falava.

A livraria tinha uma vibração diferente do hotel. Era mais viva.

Os azulejos, mais bonitos e limpos. O cheiro de livros e de café eram característicos.

As estantes repletas das mais diversas cores, cheia das mais variadas histórias. As paredes azuis, um tom de azul claro, assim como o sentimento de leveza.

(eu poderia viver aqui.)

Mateus foi excelente em me conduzir pelos afazeres, sempre muito atencioso e gentil. Senti que havia ganhado um amigo.

— Um amigo. — pensei em voz alta.

Eu me senti vivo.

*

Ao fim do dia, despedi-me de Mateus e fui para casa. Pela primeira vez, em anos, eu estava feliz.

Caminhava cantarolando.

Voltei para casa a pé, apreciando os detalhes da natureza, os sorrisos encontrados pelo caminho, o céu rosa-alaranjado de fim de tarde.

Que bênção, pensei.

Agradeci a Deus e ao universo.

Agradeci por Mateus ter feito as coisas acontecerem.

Sobretudo, agradeci a mim mesmo.

Eu estava orgulhoso de mim.

Ao chegar em casa, encontrei-a vazia.

Meus tios não estavam.

Meu primo e minha irmã também não.

Fiquei feliz. Não me aborreceria.

Preparei um misto quente e um copo de leite com achocolatado. Minha refeição de comemoração.

Queria que você estivesse aqui para me ver agora, mãe.

— A senhora sentiria orgulho de mim. — falei baixinho.

Comi na sala, sentado no sofá e assistindo televisão, coisa que nunca fazia, a tia desconjurava.

Já eram quase onze da noite. Por um instante me preocupei pela ausência de meus familiares.

Mas era a ausência que me trazia paz.

A que eu tanto queria.

Aprontei-me para dormir.

Sonhei com aquele dia.

8 de dezembro foi quando aconteceu.

A tragédia.

O sangue.

As lágrimas.

O medo.

Não entendia direito.

Só fui perceber a gravidade do que aconteceu quando vi o sangue pelo chão.

Muito sangue.

Acordei com aperto no peito.

Arrumei a cama e fui até a cozinha.

Um breu, nenhuma alma viva.

Nem sinal de meus familiares.

Logo apareceriam, pensei.

Não me preocupei. Fui me arrumar para o segundo dia de trabalho.

Animei-me e peguei o ônibus.

Ao chegar, abri a loja com Mateus.

Conversamos o corriqueiro e começamos nossos afazeres.

Engraçado pensar que a vida há 2 dias era cinza; hoje, ganhava algumas cores.

Engraçado pensar que o ambiente que frequentamos ditam tantas regras aos nossos sentimentos.

Eu estava feliz.

Em um lugar feliz.

Com um amigo.

Mateus me contou sobre sua namorada, Iris, em como ela o fazia feliz. Ele estava pensando em pedi-la em casamento.

Por um instante senti inveja.

Queria alguém que me proporcionasse sentimentos tão bons quanto os que acabara de ouvir.

Mas não sei se sou capaz de fazer alguém feliz.

Afinal, sou azul-marinho, triste.

Estou em um momento de realização, de felicidade, mas na maior parte do tempo sou triste.

Tenho essa certeza.

*

Era muito bom me sentir útil.

Hoje, atendi várias pessoas, uma delas foi Iracema, uma senhora simpática que buscava algo para ler.

Gostava de romances sofridos.

Fiz uma indicação e ela comprou feliz da vida.

Conversamos bastante nesse dia.

Iracema compartilhou que, às vezes, sua vida ficava triste quando percebia a ausência de sua família, que já não estava mais aqui.

Seu refúgio eram os livros.

Ela lia sem parar.

— Às vezes, me faltam as pessoas, vivo só, gostaria de uma companhia. Mas nunca me faltam as palavras das histórias que leio. Minha vida, sem boas leituras, perde a vitalidade.

Eu leio bastante.

Não sei se isso basta para que a vitalidade chegue até mim.

Não sei se minha vida é boa.

Sei que existem realidades mais cruéis que a minha, mas o quão cruel é viver preso a uma tragédia?

Tudo pode estar bem, mas as coisas sempre me remetem àquele dia.

Minha tristeza é proveniente daí, eu acho.

Queria poder apagar e esquecer essas memórias dolorosas.

Éramos felizes.

Éramos uma família feliz.

Eu tive, definitivamente, uma boa infância.

Morávamos em um condomínio.

Minha mãe era psicóloga.

A profissão ainda era meio desconhecida por grande parte da população, alguns diziam ser experimental.

Lembro-me dela me explicando o que fazia, quando eu ainda era novo demais para entender.

— A mamãe tenta ajudar as pessoas a arrumar as bagunças dentro da cabeça delas.

Para mim, não fazia sentido.

Bagunça.

Bagunça era o que eu fazia com meus brinquedos.

Talvez existisse uma forma de colocar brinquedos na cabeça das pessoas.

Brinquedos que elas nunca arrumavam.

Era o que eu pensava.

Como a profissão de mamãe ainda não era tão procurada, ela passava bastante tempo comigo e com Julieta.

Lembro-me da textura das palavras.

Mamãe falava macio, como algodão.

Cantava no meio de seus afazeres domésticos, com uma voz amanteigada.

Mamãe era a definição de aconchego.

Quando o tempo está frio e estou deitado no meio de meus cobertores, lembro-me dela.

(a sensação do cobertor me abraçando e espantando o frio me lembrava o que sentia ao ouvir sua voz falando comigo, espantando meu medo do desconhecido)

Raras eram as vezes que levantava a mão a mim com agressividade.

Correções pontuais aconteciam, mas sempre com amor e ternura.

Mamãe acreditava no poder das palavras.

— Sempre que algo acontecer, nós conversaremos a respeito.

Hoje chamam de educação positiva. Eu conheço como amor.

Julieta e eu fomos muito sortudos por termos uma mãe assim.

Nosso pai também demonstrava afeto.

Do seu jeito.

O pai era militar.

Capitão da Aeronáutica.

Ele dizia que seu trabalho dependia do que estava acontecendo no mundo.

Que se os vilões resolvessem machucar muitas pessoas, sua função era fazer um plano para capturar esses vilões sem machucar as pessoas comuns.

Eu achava esquisito porque pensava que isso era trabalho de policial.

Não entendia direito.

(hoje entendo que as forças armadas existem pela falta de diálogo entre os líderes dos países que dizem defender o interesse da nação. mas que interesses são esses que matam inocentes? que bombardeiam a casa de civis trabalhadores?)

Sei que meu pai era o provedor da família.

Sua forma de demonstrar amor era garantindo que nada nos faltasse.

Tínhamos de tudo.

Muita comida, muito brinquedo, muita roupa.

Muito mais do que precisávamos.

Bens materiais não nos faltavam.

Faltava mesmo era demonstração explícita de amor.

Um carinho, um agrado.

Papai era bravo, rígido. Fazia-nos sentir medo.

Ele não falava muito, mas pelo olhar sabíamos exatamente o que estava pensando.

O olhar penetrante. Frio.

Se nós não nos comportássemos, meu pai não fazia nada naquele instante, além de nos dirigir a atenção com seus olhos.

Em casa, apanhávamos.

Mamãe sempre brigava com o pai quando ele nos batia.

(toda semana)

Minhas memórias favoritas são dos finais de semana.

Sempre passeávamos! Que gostoso era.

Parques, cidades diferentes, cinemas...

Lembro-me de quando ganhamos nosso cachorrinho caramelo.

Seu nome era Marelinho. Julieta o batizou assim.

São boas recordações, boas lembranças.

Éramos uma família feliz.

Depois de mais um dia de trabalho, fui embora caminhando, como já estava virando rotina.

Não era muito longe.

Quarenta minutos de caminhada.

Pegava ônibus por comodidade, mas gostava mesmo era de apreciar as paisagens pelo caminho.

Ao chegar na rua de casa, deparei-me com algumas viaturas estacionadas.

Estavam paradas bem em frente ao portão por onde eu entraria.

Apreensivo, perguntei a um dos policiais do que se tratava.

— Temos uma denúncia de porte de drogas nesta residência, mas não encontramos nenhum morador.

— Eu moro aqui. A casa não é minha, é dos meus tios.

(tive medo. sabia que se tratava das coisas de Luís)

(nunca me dei bem com meu primo depois de mais velho, mas não queria causar sofrimento a ninguém, afinal, ele era parte da família que eu tinha)

— Excelente, você abre e faremos a revista dos cômodos.

Eles entraram, reviraram a casa inteira.

Na cozinha, abriram todos os potes de alimentos que minha tia tinha tanto zelo em manter cheios e organizados.

Remexiam os alimentos para ver se não tinha nada.

Fizeram cortes em almofadas para verificar seus interiores.

Tiraram tudo do lugar.

T u d o.

Depois de quase 30 minutos revistando cada canto da casa, nada encontraram.

— Tudo certo por aqui. Voltaremos nos próximos dias.

Fiquei aliviado que não tinha ninguém em casa. Se Luís estivesse por aqui, certamente encontrariam alguma coisa.

Não sei os motivos pelos quais meus tios saíram e não me avisaram, mas já imaginava o que aconteceria caso chegassem e vissem a casa naquele estado.

Tentei, o mais rápido possível, arrumar tudo e deixar a casa como estava antes da bagunça ir tomando forma.

Recolhi o que estava fora do lugar, joguei fora o que não prestava.

Estava escurecendo, era final do dia.

*

Meia hora depois eu ainda estava a arrumar.

Percebi vultos na frente do portão.

(não é possível que vão chegar justo agora)

Era minha família.

Minha tia, vendo que a casa ainda estava bagunçada, não abriu a boca de imediato, pois sabia que meu tio daria conta do recado.

Tio Américo demorou a entrar em casa, estava conversando com os vizinhos, acho que sobre a polícia no local.

Perguntei à tia onde é que todos tinham ido.

— Fomos numa excursão à praia. Você não consegue ficar sozinho em casa por 2 dias? O que você fez que deu polícia?

(eu não fiz nada)

(não vai adiantar falar coisa alguma para eles)

(vão achar que a polícia veio por minha culpa)

(não queria apanhar de novo)

Mamãe dizia que "quem não deve não teme", tentei me acalmar.

(alguns nascem devendo, acho que era o meu caso)

Continuava a tremer por dentro.

Vi meu tio entrando.

Não falou nada.

Partiu para cima de mim.

Pegou-me pelo pescoço e colocou-me contra a parede.

Meu tio exalava ira pelos poros.

Julieta e Luís assistiam calados. Tia Eleonor foi para outro cômodo e os levou, sabia que as coisas ficariam feias.

— NÃO BASTA VOCÊ TER MATADO O MEU IRMÃO COM A SUA VIADAGEM, QUER DESTRUIR A NOSSA VIDA TAMBÉM?

(mas não fui eu – eu queria dizer, mas não conseguia)

(tio, você está me deixando sem ar)

(a polícia veio e não foi culpa minha)

(eu não trouxe nada para casa)

(eu não matei meu pai)

Senti sua mão contra o meu rosto em um tapa.

Sua mão fechada contra a minha barriga. Mais de uma vez.

Contei uma, duas, três... Na quarta, parou.

Quando ele me soltou para ir buscar alguma coisa para me machucar mais, corri.

Tentei recobrar o fôlego, mas era difícil.

Pedi ajuda à mamãe em pensamento.

Não queria morrer daquele jeito.

Com as forças que eu não tinha, eu corri.

Corri.

(não consegui me despedir de ninguém)

(nem da minha irmã)

(vou sentir saudade, Julieta)

(amo-te)

Quando não tinha mais pernas para correr, fui desacelerando.

Fui perdendo a vitalidade.

Estava longe.

Não sabia onde.

Tudo era escuro.

Tudo era azul-petróleo.

Um cheiro de urina misturado ao de suor.

O cheiro vinha de mim.

Eu estava muito cansado.

Sentei-me no meio-fio.

Encostei no poste.

Fechei os olhos.

Não sabia o que fazer.

Sabia que o pior que podia acontecer, de fato aconteceu.

Eu recebi a rua.

Tenho boas memórias com meus familiares.

Lembro-me de que, quando criança, por volta dos meus 10 anos, minha mãe fazia questão de convidar o Luís e os tios para nos fazer uma visita.

Luís era extrovertido e adorava jogar bola.

Futebol nunca foi o meu negócio, mas gostava de brincar e meu primo estava ali justamente para isso.

Jogávamos futebol por horas, até não nos aguentarmos mais.

Temos só um ano de diferença e o fato de termos idades próximas fez com que nos tornássemos bons amigos.

Não nos contentávamos com horas de brincadeiras, queríamos dias juntos.

Minha mãe sempre convidou Luís para dormir em casa e ele o fazia.

Era bom. Era divertido.

Tio Américo adorava passar tempo com meu pai.

Se davam muito bem.

A vida deles não foi nada fácil.

Saíram do sertão da Bahia, com meus avós, em busca de melhores condições de vida.

Não tinham onde morar nem o que comer.

Viviam uma vida de amargura, característica que acabou moldando a personalidade de cada um.

Meu pai tentava superar as adversidades.

Meu tio cedia espaço para a angústia.

Meu avô morreu assim que chegou aqui na cidade.

Minha avó teve que se virar para fazer de seus moleques, homens.

Entendo, hoje, que a vida não dá as mesmas oportunidades para todos, que cada um faz o melhor com aquilo que lhe é oferecido.

Entendo de onde surge a rispidez na personalidade de ambos.

Não os culpo.

Mas também não queria ser culpado.

Com meu primo, as coisas foram ficando esquisitas à medida em que envelhecíamos.

Na casa dos 13/14 anos o foco de Luís eram as meninas.

Ele sempre foi popular entre elas.

(eu nunca quis ser)

Luís se gabava das várias namoradas, as quais trocava periodicamente.

Três meses com uma, três com outra, e assim por diante.

Dizia enjoar da namorada anterior, que não era menino de um amor só.

Enquanto isso, eu tentava entender o porquê de gostar tanto da companhia de meu amigo Leandro.

Leandro foi meu colega de classe.

Nós nos dávamos bem e fazíamos tudo juntos.

Raramente nos viam separados.

Ao chegar na escola, eu o esperava para entrarmos e garantir nossos lugares um perto do outro.

Conforme o tempo passava, mais apegado eu ficava.

Era tudo muito inocente.

Eu fui me apaixonando.

(sem saber que era paixão)

Uma vez ele me convidou para dormir em sua casa.

Fui.

Ao chegar, lanchamos e fomos direto para o quarto, onde normalmente passávamos horas jogando juntos ou assistindo alguma coisa.

Era comum.

Nesse dia, eu senti que Leandro também me via de forma diferente.

Estava muito cuidadoso e atencioso.

Ao anoitecer, após o jantar, subimos as escadas, escovamos os dentes e fomos para seu quarto.

Colocamos um filme para assistir.

Estávamos nós dois no colchão em que eu dormiria naquela noite.

Ele encostou sua mão na minha, tímido.

(meu coração parou)

Retribuí entrelaçando meu mindinho no dele.

(meu coração disparou)

Eu o olhei.

Ele me olhou.

Eu o observava atentamente.

Sua pele era branca como leite. Sua boca, vermelha como acerola. Seus olhos, pretos como jabuticaba. Seus cabelos, dourados como ouro.

Naquele momento, eu o amei.

Nossos lábios foram se aproximando lentamente e, quando se encontraram, eu me encontrei.

Foi o meu primeiro beijo.

(meu coração explodiu)

No final de semana seguinte, Leandro me convidou novamente para dormir em sua casa.

Fiquei animado, não acreditava que o beijaria novamente.

O sol se escondeu.

Era noite.

Colocamos um musical para passar e nos beijamos.

Nessa noite nos beijamos muito, nossos corpos estavam mais íntimos.

Por volta das 22h, Ana, mãe de Leandro, entra repentinamente no quarto para me levar um cobertor, pois fazia frio.

Ela não teve reação.

Não acreditava na cena que seus olhos encaravam.

Ela não falou nada, mas ligou para minha mãe.

10 minutos mais tarde, mamãe me buscou.

Não consegui me despedir de Leandro, dona Ana me retirou do quarto logo após a ligação que fizera.

No carro, um silêncio.

Minha mãe sabia, sempre soube. Ela me conhecia. Aliás, ela conseguia captar os sentimentos de uma pessoa, mesmo que esta não os tenha compartilhado.

Coisa de psicóloga.

Meu pai não estava em casa, estava viajando a trabalho.

Ao chegar, mamãe me abraçou.

Eu chorei.

Estava envergonhado.

Pedi desculpas, acreditava estar errado.

Minha mãe, então, me disse:

— Meu filho, as adversidades sempre existirão. Não só pelos seus detalhes e características. O mundo é cruel para todos, as pessoas são egoístas e incapazes de compreender que somos seres únicos e diferentes uns dos outros. Quando você encontrar demonstrações de amor, abrace-as com todas as forças. Quero que nunca se esqueça de se amar e de viver verdadeiramente a sua essência. Nunca se envergonhe do amor.

(queria ter a clareza que minha mãe tinha)

Chorei e a abracei, muito forte.

Mal sabia que as lágrimas continuariam a descer feito cachoeira durante toda a semana, pois Leandro eu não encontraria na segunda-feira.

Na mesma semana, sua mãe o transferiu para uma escola de outro bairro.

(como se fosse resolver o "problema" que era a sexualidade do filho)

Não sei por quanto tempo adormeci.

Despertei-me com um cachorro, que me lembrava o de minha infância, deitado ao meu lado, na rua.

A angústia se despertou comigo. Intrínseca ao meu ser.

Estava perdido. Não eu. Minha alma.

Comecei a caminhar.

Andei por um tempo, pareciam horas.

(se Deus existe, ele está do lado de pessoas como meus tios?)

(quem olha por mim?)

(quem olha por pessoas iguais a mim?)

(somos mesmo miseráveis)

Insuficiência.

De afeto.

De amor.

De alguém.

De vontade.

(de viver)

Vazio.

Parei no meio da rua.

Gritei.

O mais alto que pude.

Até minha garganta explodir.

Até o ar se esgotar em meus pulmões.

As lágrimas escorriam.

Uma luz se acendeu.

Caminhei até ela.

Pela janela, um rosto familiar me espiava.

Não consegui reconhecer.

A porta se abriu.

— Meu querido, o que faz às 3 da manhã na rua? Vamos entrando, não fique parado aí não.

A senhora dos romances sofridos.

Iracema.

Leandro foi meu primeiro amor.

Eu o amava.

Faria qualquer coisa para tê-lo comigo novamente.

Qualquer coisa.

O bairro em que ele estudava não era tão longe de minha escola.

Para chegar, porém, era preciso pegar um ônibus.

Ônibus se paga a passagem.

Dinheiro eu não tinha.

Papai tinha de sobra.

Por um segundo hesitei.

Mas não deu tempo de pensar duas vezes.

Quando percebi já havia pegado dinheiro de sua carteira.

Trocados.

O suficiente para ir e voltar.

Meu pai tinha o costume de não se atentar onde deixava seus pertences. Cada dia em um lugar.

Foi fácil não gerar suspeitas.

Eu veria Leandro.

Palpitação.

Tremor no corpo.

O estômago contorcia.

Ansiedade.

Por meio de mensagens de textos, trocadas longe dos olhares dos pais para não gerar suspeitas, combinamos que na manhã seguinte não assistiríamos aula. Iríamos para um parque perto da escola do Leandro.

O escolar me deixava na porta da escola. Era só me misturar com os demais alunos e daria certo.

Não dormi direito.

Ao acordar, aprontei-me e fiquei à espera do transporte.

Minha mãe percebeu uma inquietação.

— Está tudo bem? Você parece agitado.

Assenti e disse que tinha teste naquele dia.

(menti pela primeira vez)

(minha mãe não acreditou, eu acho)

Ao chegar, esperei a van sair e me misturei aos muitos alunos que estavam na calçada.

Primeira etapa cumprida.

A escola era movimentada, não sentiriam minha falta.

Caminhei até o ponto mais próximo.

Esperei pelo ônibus para então retirar da minha mochila o que furtei: duas notas de cinco reais.

Paguei a passagem e me sentei.

Terremoto.

Meu corpo tremia feito um.

Meus pais não sabiam o que eu estava fazendo.

A escola não sabia.

Ninguém sabia.

Era um segredo.

Meu e de Leandro.

Desci no ponto mais próximo e comecei a andar.

Meus passos estavam rápidos demais.

Eu suava, não pela rapidez, mas pela adrenalina.

Caminhei por cinco minutos e avistei, de longe, seu cabelo loiro.

Corri.

Não podia acreditar no que acontecia. Achei que nunca mais veria seu sorriso.

Joguei-me em seus braços.

Em seu abraço.

Forte.

Era o meu amor por ele.

(meu corpo quase entrou em colapso de tantos sentimentos juntos)

(a adrenalina de fazer algo errado potencializava tudo)

(não era errado estar com Leandro, mas como isso foi possível, sim)

(não me importei um segundo sequer em ser errante)

(tudo valia a pena ali, naquele instante)

Caminhamos juntos pelo parque.

Azul claro.

Tranquilidade.

Conversamos sobre tanta coisa.

E, para ser sincero, o que conversávamos não era importante.

Estar ali, com ele, era o que importava.

O parque se tornou nosso refúgio.

Repetimos os encontros por quatro meses, uma vez por semana, de agosto a dezembro.

Vivemos nosso amor.

Éramos jovens e inconsequentes.

Não pensamos nas faltas da escola.

Não pensei no dinheiro do meu pai que eu pegava toda semana, até ouvir algumas discussões entre ele e minha mãe.

Meu pai acusava-a, pois sempre faltava.

A cada dia que passava era mais difícil não ser percebido.

Meu pai sabia que alguma coisa estava acontecendo.

Não só a respeito do dinheiro.

Ele percebeu em mim uma mudança e passou a prestar atenção.

Vivia me corrigindo, longe de mamãe, para evitar confrontos com ela.

"Arruma essa postura."

"Anda direito, tá rebolando por quê?"

"Tá na hora de cortar esse cabelo, tá ficando grande igual de mulher."

"Pega na minha mão firme igual homem."

Papai não entenderia o meu amor.

Não como mamãe.

8 de dezembro.

Meu aniversário.

Não fui para a escola, não se comemora 15 anos todos os dias.

Minha mãe planejou uma festa, mas não para o dia do nascimento, pois caiu numa quarta-feira.

A festa seria melhor no sábado.

Não tinha muitos planos.

Mas tinha uma certeza: precisava encontrar Leandro.

Antes de qualquer comemoração pelo meu dia, o telefone tocou.

Meu pai atendeu.

— É da escola. — ele disse.

Quando ouvi, quase vomitei as tripas.

Ligaram para saber se a minha falta naquele dia era por algum motivo em específico. Estavam preocupados com minhas faltas semanais. Eu reprovaria se continuasse naquele ritmo. Pediram para um responsável comparecer presencialmente para uma reunião.

— Seu filho tá faltando na escola, sabia disso? - Meu pai disse olhando para minha mãe.

Ela me olhou, sem entender o porquê das faltas.

— O que tá acontecendo, Otávio? — Ela perguntou.

Fiquei calado.

Julieta observava a exposição de meus erros, sentada no sofá.

— Pode deixar que eu vou na escola. — Minha mãe afirmou.

Meu pai me fuzilava com o olhar.

Queria acabar comigo, senti.

Julieta tinha aproveitado a deixa do meu aniversário para faltar na escola também. Iria para a casa de tia Eleonor.

Mamãe saiu para ir à reunião em que minha cova seria escavada.

Meu pai saiu para levar Julieta na casa dos tios logo em seguida.

Eu tinha combinado de me encontrar no parque com Leandro.

Eu não iria faltar a esse encontro.

Era meu aniversário, algo de bom precisava acontecer.

Esperei dez minutos, tempo o suficiente para meus pais se distanciarem de casa e, quando senti segurança, dirigi-me ao ponto de ônibus.

(animado para ver Leandro)

(apreensivo pela mentira exposta)

Subi no ônibus.

(meu maior erro)

Meu pai não havia levado Julieta para casa da tia. Colocou minha irmã no carro de minha mãe para que ela a levasse antes de se dirigir à escola.

Papai estava desconfiado. Sabia que algo eu fazia às escondidas.

Por isso, ele tinha entrado em seu carro, dado a partida e estacionado atrás de algumas árvores, na esquina, próximo à saída do condomínio.

Eu não percebi a presença do carro ali.

Estava ansioso demais para encontrar Leandro.

Desci do ônibus e fui caminhando em direção ao parque sem perceber que estava sendo observado.

Ao chegar, corri na direção de Leandro e lhe dei um beijo na boca.

— OTÁVIO — Reconheci a voz.

Olhei para trás, petrificado.

Seu olhar me cortava.

Não falei nada, fui em sua direção.

Papai abriu a porta do carro.

Entrei.

A viagem seguiu em silêncio.

Chegamos em casa.

Ele me pegou pelo braço, guiou-me até seu quarto.

Empurrou-me na cama.

— Você é viado agora, porra? — Ele disse com toda a sua autoridade militar. — Você sabe o que viado faz?

Deixou-me sozinho.

Por um minuto, ele se ausentou.

Voltou para o quarto, com uma vassoura.

— Eu vou te mostrar o que viado sente.

Virou-me bruscamente.

Eu estava de bruços na cama.

Ele me despiu.

Pegou a vassoura.

Ausência.
De mim.
No meu próprio corpo.

Eu não sabia o que estava acontecendo.
As lágrimas caminhavam lentamente em meu rosto.
Caíam uma a uma.
A dor era excruciante.
Queria gritar.
Não consegui.
Não lutei.
Desisti.

Meus sentidos falharam.
Não sentia mais nada.
Não ouvia.

Meus olhos pendiam nos detalhes da cama: as flores do lençol.

Subitamente, acabou.
Fui me fazendo presente.
Recuperando os sentidos.

Meu pai, por sua vez, padecia.

Vi sangue.

No chão.

No lençol.
Em suas flores.

Olhei para cima.
Era minha mãe.

O rosto com respingos.

Em sua mão, uma faca.

Parte 2 – Desabrochar.

8 de dezembro.

Meu aniversário.

Mal consigo acreditar que estava completando 25 anos.

Levantei-me, lavei o rosto, abri as cortinas do meu quarto.

O dia estava tímido, do jeito que eu gostava.

Apreciei o clima frio, as nuvens baixas e cinzas.

Comemorar meu aniversário se tornou algo bom, desde que vim morar aqui.

Desci as escadas.

Deparei-me com uma cena maravilhosa.

Iracema gritou "FELIZ ANIVERSÁRIOOOOOOO!", ofereceu-me seu sorriso fácil e os braços abertos, clamando por abraços.

Esperava-me, também, um bolo de fubá com goiabada, além do tradicional café.

Que felicidade!

Cantamos parabéns, assoprei a vela simples de cera branca. Fiz um pedido.

(que esperava se tornar realidade)

Abracei Iracema.

(demonstrações de carinho agora fazem parte da vida)

— Sou muito grato por você! Você mudou a minha história. — eu disse com os olhos umedecidos.

— Meu filho, foi você quem me salvou! A vida estava insossa até você chegar.

Aprontei-me para o trabalho.

Montei na bicicleta laranja e comecei a pedalar.

O destino era a Livraria Sul, que agora é responsabilidade minha!

Mateus se casou com Iris e foram viver a vida fora do país. Fiquei muito feliz pelos dois. De vez em quando ele me escreve, mantemos contato. Ele se tornou um irmão mais velho.

Cotidianamente, eu abro a loja de livros e me dedico à sugestão das melhores histórias para cada cliente. Tornei-me especialista nisto: receber uma breve descrição do que o leitor buscava e entregar em suas mãos o que lhe cairia bem.

(isso me faz feliz)

Admito que quando o movimento está fraco, aproveito para imergir na leitura.

A vida agora é amarelo-dourado.

É fácil sobreviver.

Eu vivo feliz.

Percebo que receber a rua foi, na verdade, um presente.

Fui sortudo, óbvio.

Sortudo em encontrar Iracema pelo caminho.

Se não fosse por ela, sabe-se lá onde é que eu estaria agora.

Iracema se tornou minha amiga-mãe.

Cuidou de mim, colocou-me debaixo de sua asa.

Na noite em que fugi para sobreviver, Iracema me acolheu.

Abrigou-me em sua casa e, com uma ternura imensurável, abraçou-me.

(há muito eu não me sentia digno de receber carinho, estranhei)

Ficou abraçada comigo por horas, até que eu adormecesse.

Percebeu minha angústia.

Recordo-me da sensação de aconchego, parecida com vermelho bordô.

No dia seguinte, ao acordar, tomamos café e contei a ela minha história.

Toda.

Ela ouviu atentamente, sem demonstrar muitas reações.

E, então, disse:

— Você não ficará sem casa, viu? Onde já se viu. Um moço jovem desses na rua. Vai viver comigo.

Ela não conseguia compreender como as pessoas podiam ser cruéis.

Nem eu.

Mas vivi muita violência, acho que acabei me acostumando com a crueldade.

Meu pai morreu pelas mãos de minha mãe.

Que, ao seu modo, tentou me proteger do abuso com o qual se deparou ao chegar em casa.

Demorei anos para conseguir processar o que havia acontecido.

O que se tornou de difícil compreensão foi o abandono.

Minha mãe me abandonou, após o ocorrido.

Enquanto estávamos parados diante do corpo, ela me olhou, aproximou-se e me abraçou.

"Eu sinto muito" – sussurrou em meu ouvido.

(a última vez que ouvi sua voz)

Desceu as escadas.

Deu a partida no carro e se foi.

Permaneci em inércia.

Estava preso àquela situação.

Quem me encontrou foi o tio Américo, ao levar Julieta para casa.

Imediatamente nos levou para junto de tia Eleonor, em sua casa, que se tornou "nossa".

Raiva.

Ainda hoje se faz presente.

Raiva por não poder comemorar meu aniversário com minha mãe.

Ela se foi.

Raiva por Deus não ter me protegido.

(nos protegido)

Raiva da ausência.

Raiva do desespero.

Da carência.

Da angústia.

Do medo.

Da saudade que sinto de mamãe.

De nossa família.

Dos momentos de alegria.

Até mesmo de papai.

Perdão.

Que força tem essa palavra.

A ausência do perdão foi o que me fez triste, percebi.

Não sei se sou capaz de perdoar.

Se sou digno de ser perdoado.

De me perdoar.

Felicidade é o que hoje eu consigo sentir, momentaneamente.

Iracema me ensinou a ser feliz, de um jeito diferente do experenciado durante a infância.

Ensinou-me a apreciar os detalhes.

Felicidade é oferecer livros aos leitores.

Felicidade é ler para crianças.

É saber que dormirei em minha cama.

(em segurança).

É me sentir vivo.

Véspera de Natal.

Preciso ficar na livraria até às 13h.

Sem muito movimento.

Algumas pessoas entraram para comprar presentes de última hora.

Quando estou prestes a fechar, um saudoso rosto me encara.

Julieta.

Como estava parecida com mamãe Joana. A pele bronzeada, as sardas no rosto. O cabelo loiro acobreado. Olhos cor de mel. Seus trejeitos. Seu sorriso. Tudo me lembra mamãe.

Chorei em silêncio.

Ela se aproximou, meio sem jeito. Abraçou-me.

Desde que saí da casa de meus tios, não a havia encontrado mais.

Até hoje.

Até agora.

— Há tempos queria entrar aqui, meu irmão. Sempre passei em frente, mas nunca tive coragem de entrar. Você parecia feliz e eu não queria te trazer más recordações. Estou aqui pra te entregar isso.

Retirou da bolsa um envelope com escritos dourados, flores decorando o papel.

Um convite.

Iria se casar, em janeiro.

— Sei que você e Deus possuem suas questões (riu discretamente), mas queria que você me acompanhasse até o altar.

— Claro! Sem sombra de dúvidas. Perdoe-me por não aparecer, Ju. Eu não sabia como te encontrar, como te contatar. Eu quis voltar por você, mas não queria me sentir angustiado... — fui interrompido por mais um abraço.

Sempre achei que Julieta me culpava pelas tragédias em sua vida.

E talvez me culpasse.

Sua presença, aquele dia, fez surgir uma imensidão de sentimentos.

Mas, sobretudo, senti-me perdoado.

Perdão.

Casa é uma palavra com a qual eu sonhei durante muitos anos.

No lar de meus tios, sentia-me um estranho.

Quando conheci Iracema, percebi que casa não é apenas lugar.

Casa é, também, sentimento.

Iracema me acolheu, sua acolhida fez nascer em mim o sentimento de pertencimento.

Sentimento que surge com a satisfação de sentir amor.

Minha casa foi construída com as pessoas que encontrei pelo caminho. Foi a voz de mamãe durante a infância. Foi o abraço de Leandro, aos 15. A preocupação de Mateus, aos 19. A recepção e cuidado de Iracema durante minha solidão. E, agora, o perdão de Julieta, aos 25.

Casa não existe sem amor.

Iracema viveu em muitos lugares.

Inclusive em diversas cidades do exterior.

Seu marido trabalhava no ramo de negócios, enquanto ela criava os filhos nas diversas casas em que residiram.

Ela me disse que aproveitou muito de sua vida.

Antes de se casar, foi professora.

Amava a sala de aula.

O que mais gostava era da interação com seus alunos.

Era a professora mais amada.

Ensinava literatura como ninguém.

Sempre me disse que para lecionar é preciso muito mais do que apenas saber o conteúdo.

É preciso ser, de fato, humano.

É preciso compreender a diversidade existente entre nós.

Que cada um aprende do seu jeito.

Ser professora, para ela, era ter vitalidade.

Conheceu o marido em uma festa de peão.

Ele estava trajado de cowboy, enquanto ela estava simplesmente ordinária.

Ela o observava de longe e, quando ele percebeu, começou a andar em sua direção.

— Oi, moça bonita. Prazer, sou o João, e vou tomar as rédeas do seu coração.

Mais cafona impossível, mas ele conseguiu.

O coração de Iracema estava entregue naquele momento.

Desde então, ela passou a viver em prol da vida do amado.

Ele precisava se manter em constante movimento entre diferentes cidades.

Ela foi acompanhando.

Teve três filhos.

Três homens.

Quando se deu conta, vivia uma vida com a qual nunca havia sonhado.

Anulou-se por inteira.

Nem filho ela sonhava em ter.

Abandonou a profissão que tanto amava.

Abandonou a família e os amigos.

Tudo o que tinha era o marido e os filhos.

Até não os ter mais.

João traiu Iracema.

Ela descobriu.

Achou um bilhete em sua calça que dizia "Hoje foi uma delícia, meu gatão. Já estou ansiosa por amanhã. Me liga. Sua Célia."

Sozinha.

Foi como Iracema se sentiu.

Não tinha ninguém por perto.

Foi se desfazendo.

Um pedaço por vez.

Chegou ao ponto de não sentir mais fome.

Foi quando João a internou na cidade onde a história dos dois havia se iniciado.

Deixou-a na portaria do hospital com a documentação, mas não ficou para registrá-la.

Ele estava atrasado para uma reunião de negócios.

Finalmente conseguiu se livrar do empecilho que sua esposa depressiva havia se tornado.

Os filhos? Ficaram com os pais de João.

Muito tempo se passou até a saída de Iracema do hospital psiquiátrico.

Hospício, como eles chamavam na época.

Lugar de gente louca, diziam.

Foi como ela se sentiu.

Ela havia herdado a casa de seus pais, local onde foi morar.

Sozinha.

Arrumou umas plantas para ter como companhia e foi se reerguendo vagarosamente.

Assumiu aulas na prefeitura.

Foi reencontrando a vontade de viver, aos poucos.

Mas a solidão acompanhava-a de mãos dadas.

Os filhos nunca a procuraram.

Ela tentou contato, mas eles não se importavam, seus

avós paternos se tornaram seus pais.

João desapareceu.

Para Iracema, sobraram as plantas e a literatura.

Ela sempre me disse que os livros têm poder.

Poder de nos transportar para uma realidade paralela.

No nosso caso, foi o poder do encontro.

Os livros nos uniram.

Dois corpos com almas apagadas.

Dois corpos solitários.

Vazios.

Que se precisavam.

Que, ao encontro, se preencheram.

Se amaram.

Como mãe e filho.

Tentei me relacionar com outras pessoas.

Com 25 anos costumava ouvir: você está na flor da idade.

Aproveitei minha juventude, saí bastante e admito que dei um pouco de trabalho para Iracema.

Chegava tarde em casa.

Bêbado, muitas vezes.

Iracema me repreendia, mas com amor.

Dava para perceber que era a preocupação que ditava as palavras que saíam de sua boca.

Em uma tarde, na livraria, conheci Heitor: um rapaz estupidamente alto, olhos verdes e cabelos castanhos encaracolados.

Até então, eu estava acostumado a não me sentir disponível para o amor.

Nem mesmo para o amor amigo.

Heitor me apresentou um universo completamente diferente do que eu conhecia.

Fiquei fascinado.

Começamos a sair todos os finais de semana para os bares e boates da região.

A noite passou de azul petróleo para azul neon.

Sentia-me jovem e vivo entre aqueles parecidos comigo.

Era bom ser um jovem comum.

Heitor e eu trocamos muitas carícias.

Amizade-colorida nos definia bem.

Em alguns momentos, eu sentia que Heitor me queria como seu namorado.

Admito que eu gostava da atenção que recebia, mas não conseguia vê-lo da mesma forma.

O que nós tínhamos era bom, era o suficiente, me satisfazia.

Mesmo sabendo de seu amor por mim, continuei me encontrando com ele.

Fui irresponsável, sei disso, mas não me importei.

Passei anos sem demonstrações de amor.

Estava me acostumando a receber afeto.

Porém, eu esperava que o amor florescesse, o que nunca aconteceu.

Em um sábado de muito sol, meu amigo-amante me encontrou na porta da livraria e fomos tomar um sorvete.

Aproveitamos que sábado eu trabalhava até 12h30.

Estávamos suados, o clima era quente e o sorvete cairia bem.

O que não caiu bem foi o que aconteceu assim que nos sentamos com nossos sorvetes nas mãos: uma declaração.

De amor.

Heitor segurou minha mão e disse:

— Otávio, eu sei que já deve saber, mas eu gosto muito de você. Me encanta como você vê o mundo e como me faz perceber que ele é muito mais bonito do que eu pensava. Quero compartilhar mais momentos, não apenas como seu amigo, como seu namorado.

(eu sabia que este momento chegaria, mas o que mais me espantou foi o fato dele enxergar o mundo mais bonito quando está comigo. nunca pensei que isso aconteceria, alguém feliz por estar comigo)

Eu não podia.

Não sentia o mesmo.

Eu o abracei e caminhamos em silêncio até minha casa.

Despedimo-nos e essa foi a última vez que nos encontramos.

Eu passei a evitá-lo.

Não respondia suas mensagens e driblava os lugares que ele frequentava.

Para ele, eu sumi.

Heitor merecia mais, muito mais do que isso.

Ele foi um bom amigo.

Parte 3 – Colheita.

43 anos são os que eu completei.

Há 10, comprei a Livraria em que trabalhei a vida inteira.

João, o proprietário, faleceu.

Os filhos não tinham ideia de como gerenciar o negócio.

Eu guardei dinheiro a vida toda. Juntei as finanças e comprei a Livraria Sul.

Eles ficaram agradecidos, um peso a menos.

Eu não tinha muitas contas, Iracema cuidava de tudo.

Saudade
A palavra que tortura o coração.
Faz as pernas amolecerem.
O estômago revirar.

Que saudade, Iracema!

Também há 10 anos, Iracema faleceu.

A mulher que me viu como alguém.

Quando ninguém me viu.

(como qualquer coisa)

Sentir a presença de Iracema foi como sentir a presença de Deus.

Ela me encontrou quando fui deixado às margens do amor.

Largado à escuridão do abandono.

Azul-petróleo.

(foi o que senti)

Iracema sempre foi luz.

A junção de todas as cores.

Abençoava meus dias com seus sorrisos.

Com ela, aprendi que Deus é o amar.

Amar.

Amo-te muito, Iracema.

Como sinto a falta que causa em mim.

Acordei às 8.

Arrumei minha cama – costume ensinado por tia Eleonor.

Preparei meu café para tomar com o bolo de fubá, receita de Iracema.

Alimentei-me, escovei os dentes, dei a partida no meu carro e fui para a livraria.

Normalmente abrimos sempre às 8h, o responsável por abri-la é Francisco, meu sobrinho, o primeiro dos sete que Julieta me deu.

Francisco levava jeito. Gostava da literatura tanto quanto eu.

Estou satisfeito com a vida que levo.

Entregar boas histórias a pessoas que precisam delas: esse é meu propósito.

Vivo feliz.

O dia caminhou tranquilo, sem muitas adversidades.

Quando estamos prestes a fechar, Julieta chega para buscar o filho.

Percebi em seu rosto certa apreensão.

— Otávio, uns policiais foram em casa, pediram pra gente ir à delegacia juntos, assim que possível. Aconteceu alguma coisa?

Neguei.

Mais pacata que minha vida só o tricô que eu faço.

Entrei no carro de minha irmã, Francisco foi embora de ônibus, achamos melhor.

Fomos.

Eu tremia.

Percebia que Julieta também.

O que poderia ser?

Estacionamos e nos dirigimos à recepção.

Minha irmã viu o policial que a procurou mais cedo.

Cumprimentamo-nos e ele pediu para que o acompanhássemos.

Entramos em uma sala cheia de mesas com policiais trabalhando, passamos por todas elas.

Parecia filme.

Chegamos em um cubículo.

Sentamo-nos de frente ao policial.

— Joana Francisca Marino Galli é a mãe de vocês?

(estarreci)

(há muito não ouvia seu nome)

(o que poderia ser relacionado à mamãe?)

(ela nunca nos procurou)

(o que é que está acontecendo?)

Abri a boca, mas nada saiu.

Julieta assentiu com a cabeça.

— A mãe de vocês foi encontrada morta na cidade de Pelotas, no Rio Grande do Sul. Ela vivia em uma casa de repouso para pessoas idosas. Numa madrugada, após discutir com as enfermeiras, em um momento de surto, ela fugiu. Foi encontrada na manhã seguinte, encolhida e sem vida, na porta da Catedral Metropolitana de São Francisco de Paula. Ela não tinha muitos pertences. A administração da casa de repouso nos contatou para ajudar a encontrar vocês dois. A única informação que tinham era que vocês moravam aqui em Amparo, como ela havia colocado em um de seus escritos, uma vez. É preciso vocês irem até lá para retirar os pertences dela do estabelecimento. Ela morreu há 9 dias, portanto não existe possibilidade de velório. Seu corpo está enterrado no Cemitério São Lucas. Meus sentimentos. — ele vomitou as informações e eu vomitei em sua mesa.

(eu não conseguia reagir)

(mamãe estava morta)

(para mim, já estava há um tempo, eu supunha)

(receber a confirmação foi duro)

(eu sinto muito)

Levantei-me e saí, sem olhar para trás.

Julieta demorou uns minutos.

Fora da delegacia, abraçamo-nos.

Relutei durante dias após receber a notícia da morte de mamãe.

Em muitos momentos, durante minha jornada, senti raiva por ela não ter retornado. Por ter me deixado à mercê de meus tios patetas.

Mamãe poderia ter cuidado da gente, de mim e de Julieta.

Mas escolheu não fazer.

Não sei o que se passou em sua cabeça.

Ela me defendeu.

Foi defesa.

Não seria punida.

Escolheu nos punir ao se ausentar.

Eu me questiono o que ela pensou.

Gostaria de reviver as boas memórias.

A morte é um mistério.

Isso é óbvio.

O quanto a morte nos afeta é a questão.

Quando Iracema morreu, parte de mim se foi com ela.

Mamãe não convivia mais comigo há décadas.

Quando recebi a notícia de seu falecimento, desfiz-me por completo.

Meu ser.

Nada restou.

Estava padecendo, aos poucos.

Feito flores ao chegar do outono.

Três meses depois do encontro na delegacia, fomos à cidade de Pelotas.

Muitos jovens, a cidade é universitária.

O que minha mãe tinha ido fazer ali? — era a pergunta que não cessava.

Respostas.

Era o que eu buscava.

Chegamos na casa de repouso, Julieta e eu.

O ar era frio naturalmente, mesmo assim o ar-condicionado estava ligado.

(qualquer um morreria congelado nesse ambiente)

As paredes esverdeadas com detalhes floridos.

O cheiro semelhante ao de um hospital. Cheiro de produtos químicos.

Fomos até a recepção e nos apresentamos, dissemos ter ido buscar os pertences de dona Joana.

Eles nos deixaram esperando por quase uma hora.

Por fazer muito tempo, seus itens foram colocados no depósito.

Dois funcionários vieram em nossa direção com duas caixas grandes de papelão.

— Tudo isso é dela. — um deles nos disse.

— Obrigada. - Julieta respondeu, pegando uma das caixas.

Peguei a outra.

Sentamo-nos em alguns bancos da recepção.

Bancos sem encostos, duros feito pedra.

Estamos prestes a abrir as caixas.

(coração acelerado)

Ao abrir, uma surpresa: tudo é papel.

Papel escrito.

Muitos cadernos com anotações.

Algumas anotações sem sentido, mas todas datadas.

Eram diários.

O cheiro de perfume guardado nas palavras me trouxe muitas memórias.

Sempre indiquei livros a desconhecidos.

Mamãe me entregava, aqui, o livro de sua vida.

Lágrimas.

Minhas.

De Julieta.

Lágrimas.

Lemos muita coisa, mas nem perto de ler metade de tudo o que havia ali.

Em um dos diários, um bilhete dobrado com "filho" escrito na parte de fora.

Peguei, mas não tive coragem de ler ali.

— Ju, vamos ao cemitério?

Colocamos as caixas no porta-malas do carro alugado e seguimos.

O tempo não passa.
A viagem de 8 minutos parece levar horas.
Chegamos, o cemitério muito simples.
Cemitério vertical.
Túmulos pintados de azul.
Ar fúnebre.
Plantas secas e folhas espalhadas por todo o chão.
Procuramos mamãe por meia hora.
Encontramos.
Senti-me despido.
Despido de sentimentos ruins.
Repleto de saudades.
Com estas saudades, li as palavras de mamãe.

"Filho.

Me questiono por onde andas.
Se tu me perdoarias.
Abandonar-te foi inevitavelmente uma das consequências.
Enquanto eu me afastava de ti, as lágrimas correram.
Junto delas, as memórias.
Apeguei-me às boas.
Àquelas que sabia que poderiam sobreviver em ti também.
Espero que um dia eu seja digna de teu perdão.

Senti medo de morrer.
Medo de seu tio.

Perdoe-me, meu filho, por não ter lutado mais por nós.
Perdoe-me, meu filho, por não ter evitado tuas dores.
Perdoe-me."

Aqui, Deus se fez presente. O amar.

Tranquilo, como pétalas ao vento, eu proferi: "Aceito-te em paz, mamãe."

Epílogo.

Acordei. Está mais difícil para me levantar. As pernas estremecem ao fazer muita força. Olhei o relógio: 9 horas. Eu estava atrasado. Precisava me arrumar com rapidez para ir até a Livraria. Mesmo minha rapidez era lenta, 65 anos é bastante coisa para segurar nas costas.

A livraria agora se chama "Livraria Joana – Café e prosa".

Uma pequena homenagem à mamãe.

Não dava tempo de tomar café.

Troquei de roupa, coloquei comida para Filó, minha gatinha, peguei minha carteira e saí.

O caminho se tornou mais longo. Mesmo de carro.

Eu era prudente, dirigia devagar.

Cheguei.

A livraria estava diferente.

Meu sobrinho Francisco tomava as rédeas de vez em quando.

Modernizou um pouco o ambiente e ampliou o espaço da cafeteria.

O aroma era o mesmo: livros novos e café.

Que delícia!

Aqui é minha casa também. O lugar que me salvou.

Estávamos com muito movimento! Que beleza!

Era véspera de Dia dos Namorados. Data que eu nunca comemorei.

Escolhi viver sozinho.

Não tive espaço em mim para outro alguém.

Eu precisava cuidar de mim mesmo. E assim eu fiz.

Tenho 65 e ainda me sinto jovial.

O dia foi caminhando devagar. Muitas vendas, muitos presentes.

Eu tinha muita satisfação em ajudar a escolher as leituras para presentear.

Eu sabia de todas as histórias contidas naquelas estantes.

A noite chegou.

Francisco foi embora e eu fiquei para fechar, como já era de costume.

Tinha muita alegria em cuidar daquele lugar, que cuidou de mim.

Desliguei tudo e apaguei as luzes.

Fechei uma das portas.

Quando estava prestes a fechar a segunda, uma voz familiar, envelhecida, perguntou-me:

— Ainda dá tempo de entrar?

(justo agora que acabei de desligar tudo? vai levar horas até eu abrir essa porta pesada e acender as luzes, que saco)

Olhei para trás.

Minhas pernas estremeceram.

Senti um fervor no peito como não sentia há anos.

Eu reconheceria esses olhos de jabuticaba em qualquer lugar.

Meus olhos brilharam ao encontrar os olhos dele.

— Leandro! – Caminhei para um abraço.

Agradecimentos

Ao apoio de minha família.
Às primeiras leituras feitas por grandes amigos.
Ao incentivo do Émerson Baisso.
À Miriele Amorim pelo refinamento.
À amizade de Camila Montreal (não só) durante a juventude.
À semente plantada por Helena Altenfelder.

Escrever é como sentir uma leve brisa no rosto. Nesse caso, o vento carrega pétalas de tecido, recortadas de um lençol.

Revisitar alguns sentimentos, recordar histórias ouvidas ao longo da vida e tricotá-las em palavras foi avassalador, e, também, um processo de cura.

Fugir à regra é violento, escrever sobre isso é tentar florescer em meio ao concreto.

Que desta leitura floresça amor e acolhimento.

Esta obra foi composta em Minion Pro
em setembro de 2024 para a Editora Patuá